THIS BUIK

BELANGS:

....

....

During the Potter family holiday in Perthshire in 1892, Beatrix often recorded in her *Journal* examples of Scots used by the local people. Scots descends from a northern form of Anglo-Saxon brought to Britain between the fourth and sixth centuries A.D. by invaders from the Denmark region. By the late fourteenth century, Scots was spoken by King and commoner alike and was the language of State until the Union with England in 1707.

Writers such as Robert Burns (1759-96), Robert Louis Stevenson (1850-94) and Hugh MacDiarmid (1892-1978) all used Scots to express their ideas and Scots remains a living language today. This translation uses words and phrases from a wide area of the language to express in Scots a child orientated version of *The Tale of Peter Rabbit*.

Lynne McGeachie

THE TALE O

Peter Kinnen

THE TALE O
PETER KINNEN

BI

BEATRIX POTTER

Owerset intae Scots bi Lynne McGeachie

To ameley

From

Lynne McGeachie

THE BEATRIX POTTER SOCIETY

with best wishes

THE BEATRIX POTTER SOCIETY
Registered charity no.281198

Text © 2004 by Lynne McGeachie and The Beatrix Potter Society

Website www.beatrixpottersociety.org.uk

The Beatrix Potter Society acknowledges the help of R.Fairne,
Secretar o Scots Tung, for his valuable suggestions,
and The Scots Language Society's website for information
on the origin of Scots.

The Tale of Peter Rabbit was first published by
Frederick Warne 1902

This edition with Scots text and new reproductions of
Beatrix Potter's illustrations first published 2004
Reprinted 2006, 2010, 2014

Colour reproduction by
EAE Creative Colour Ltd, Norwich
Printed and bound in China

PUBLISHER'S NOTE ON THE
SCOTS EDITION

THIS EDITION, with the text in Scots and with the reoriginated illustrations and type, celebrates the first publication by Frederick Warne of *The Tale of Peter Rabbit* in 1902. Taking the first edition as a guide, the aim has been to follow faithfully Beatrix Potter's intentions while benefiting from advances in modern printing and design techniques. The colours and detail of the watercolours are here reproduced more accurately than ever before, and it has now also been possible to disguise damage that has affected the artwork over the years. The text is reset in a period typeface of the right weight to harmonise with the delicacy of the pictures. Most notably this edition restores six extra illustrations. Four of these (pages 10, 18, 49 and 62) were sacrificed in 1903 to make space for illustrated endpapers. The other two (pages 33 and 54) have never been used before, Beatrix Potter having initially prepared more illustrations than could be accommodated in the original format.

Aince upon a time there wis fower wee Kinnen, an thair nems wis —

Flopsy,
Mopsy,
Cotton-bun,
an Peter.

They bid wi thair Mither in a san-baunk, aneath the ruit o a muckle fir-tree.

"Noo, ma bairnies," quo auld Mistress Kinnen ae mornin, "ye may gaun intae the parks or doon the loan, but dinna gaun intae Maister McGreegor's gairden.

"YER Faither hud a mishanter there; he wis pitten in a pie bi Mistress McGreegor.

"Noo rin alang, an dinna git intae deviltrie. A'm gaun oot."

SYNE auld Mistress Kinnen taen a message basket an her umberellae, an gaed awa throu the wuid tae the batchie's. She bocht a laif o broon breid an five curran buns.

FLOPSY, Mopsy an Cotton-bun, that wis guid wee mappies, gaed doon the loan tae gaither brummles;

BUT Peter, that wis gey
mischievious, ran strecht
awa tae Maister McGreegor's
gairden,

AN warselt unner the yett!

FURST he ett a puckle laituces an
a wheen Frainche beans; an syne
he ett twa-three raidishes;

AN syne, feelin kinna no-weel, he gaed tae leuk for a bittie parsley.

But roond the en o a cucumber frame, wha did he no meet wi but Maister McGreegor!

MAISTER McGreegor wis doon
on his hunkers settin aff sma
kail, but he louped up an ran
efter Peter, waggin a scartle an
roarin oot, "Stop briganner!"

PETER wis gey sair frichtit; he stoured aw ower the gairden, for he cuidna mind the wey back tae the yett. He tint ane o his shuin amang the kail,

AN the ither shae amang
the tatties.

EFTER lossin thaim, he rin on aw fowers an gaed fester, sae that A jalouse he micht hiv won awa aw thegither gin he hudna misfortunately rin intae a grosit poke, an gotten claucht bi the lairge buttons on his jaicket. It wis a blae jaicket wi bress buttons, vernear new.

PETER gied hissel up for lost, an grat muckle tears; but his sabs wis heard bi a puckle freendly speugs, that flichtered tae him wi a gret tirrivee, an cried on him tae mak a maucht.

MAISTER MCGREEGOR cam up wi a seeve, that he wis gaun tae pit ower Peter; but Peter wammelt oot juist in time, leavin his jaicket ahint him,

An stoured intae the tool-shed, an louped intae a tinnie. It wad hiv been a braw hidie-hole, gin there hudna been sic a doze o watter in't.

MAISTER MCGREEGOR wis gey shuir that Peter wis aboot in the tool-shed, mibbie hid ablow a flooer-pot. He stairtit tae turn thaim ower carefu-like, keekin ablow ilka ane.

Syne Peter sneeshed — "Kertischoo!" Maister McGreegor wis efter him in nae time,

AN ettilt tae pit his fit on Peter, that louped oot a windae, coupin ower chree plants. The windae wis ower wee for Maister McGreegor, an he wis scunnert wi rinnin efter Peter. He gaed back tae his wark.

PETER sat hissel doon for a
rest; he wis fair pechin an
nithered wi fricht, an he hud
nae norrie whit wey tae gaun.
Forbye he wis fair droukit wi
hunkerin in thon tinnie.

EFTER a wee while he stertit stravaigin aboot, gaun lippity— lippity — no that fest, an glowerin roond aboot.

He fund a yett in a wa; but it wis sneckit, an there wis nae wey for a pluffie wee leprone tae squeeze ablow it.

An auld moosie wis rinnin in an oot ower the doorstane, cairryin peas an beans tae her faimly in the wuid. Peter speired the wey tae the yett, but she hud sic a muckle pey in her mou that she cuidna speak. She juist shakit her heid at him. Peter stertit tae greet.

Syne he ettilt tae fin his wey strecht athort the gairden, but he got mair an mair bumbazed. Afore lang, he cam tae a pond whaur Maister McGreegor filled his watterin-cans. A fite cat wis glowerin at a puckle gowd-fush; she sat verra, verra quate, but noo an than the tap o her rumple twigged as if it hud a life o its ain. Peter thocht it best tae gaun awa athoot speakin tae her; he hud been telt aboot cats frae his kizzen, wee Benjamin Mappie.

He won awa back the wey o the tool-shed, but suddentlie, richt close tae him, he heard the soond o a hyowe – scr-r-ritch, scart, scart, scritch. Peter skuddled ablow the busses.

But afore lang, whan naethin cam o it, he cam oot, an sclimmed on tae a hurlie-barrow, an keeked ower. The furst thing he seen wis Maister McGreegor hyowin ingans. His hintside wis tae Peter, an ayont him wis the yett!

PETER got doon verra quate-like aff the hurlie-barrow, an stertit rinnin as fest as he cuid gaun, alang a strecht wee roadie ahint a puckle bleckcurran busses.

Maister McGreegor catched sicht o him at the cunyie, but Peter didna fash hissel. He slid ablow the yett, an wis sauf at lest in the wuid ootside the gairden.

MAISTER MCGREEGOR hingit
up the wee jaicket an the shuin
for a tattie-bogle tae frichten the
blackies.

PETER nivver stoppit rinnin nor leukit ahint him till he got hame tae the muckle fir-tree.

HE wis that forfochen that he clappit doon on the braw saft san o the flair o the rabbit-hole, an steikit his een. His mither wis thrang cuiken; she wunnert whit he hud duin wi his claes. It wis the saicant wee jaicket an perr o shuin that Peter hud tint in a fortnicht!

A'm vext tae tell that Peter wisna verra weel throu the eenin.

His mither pit him tae his bed, an makit a wee tait camovine tea; an she gied a doze o it tae Peter!

"Ane table-spuinfu tae be taen at beddie baws".

BUT Flopsy, Mopsy, an Cotton-bun hud breid an mulk an brummles for sipper.

THE FEINISH

THE BEATRIX POTTER SOCIETY
Reg: Charity No. 281198

The Beatrix Potter Society was founded in 1980. It exists to promote the study and appreciation of the life and works of Beatrix Potter (1866-1943), who was not only author and illustrator of *The Tale of Peter Rabbit* and other classics of children's literature, but also a Natural History artist, diarist, farmer and conservationist. In the latter capacity Beatrix Potter was responsible for the preservation of large areas of the Lake District through her gifts to the National Trust. The Society is a registered charity and its membership is world-wide. Activities include regular meetings in London, Biennial International Study Conferences and a programme of reading Beatrix Potter's books to children. A quarterly *Newsletter* is issued free to Members and the Society has an active publishing programme, which includes the proceedings of its Study Conferences and works of original Potter research.

Further information can be obtained from:
The Beatrix Potter Society, c/o The Lodge, Salisbury Avenue, Harpenden, Hertfordshire AL5 2PS (UK)
Email: beatrixpottersociety@tiscali.co.uk
Website: www.beatrixpottersociety.org.uk